Wendepunkte

Homepage der Verfasserin:
www.lebenshunger.de

Petra Dahlke-Knobloch
Wendepunkte

ISBN 3-8334-3928-9

Umschlag: Verlag Fallenstein nach Entwurf der Autorin
Satz: Verlag Fallenstein
Herstellung und Verlag: Books on Demand GmbH, Norderstedt

Inhaltsverzeichnis Seite

Coq au Vin

Ich war gestern beim Friseur, habe Blumen gekauft, das volle Programm abgespult. Heute habe ich dein Lieblingsessen gekocht: Coq au vin und dazu passend französischen Chablis erstanden - ganz schön teuer für meine Verhältnisse, aber ich wollte ja Eindruck machen als Weinkenner. Wenn du wüsstest, was es für mich bedeutet, selber zu kochen und dann noch französisch. Seit ich bei Mama ausgezogen bin, gehe ich zum Mittagstisch ins Restaurant, oder wenn es sein muss und mich die Kollegen nicht nerven, in die Kantine. Ich habe mir das Rezept aus dem Internet gesucht und meine Französischlehrerin in der Volkshochschule gefragt, wie man Mousse au chocolat macht, denn bei mir wurde sie flüssig. Perfekt arrangiertes Date, dachte ich stolz.

Kurz bevor alles geschafft war, klingelte das Telefon und du hast abgesagt, mit der Entschuldigung, deine beste Freundin sei unverhofft erschienen und hätte solche Probleme, dass du sie unmöglich allein lassen kannst. Vor Enttäuschung habe ich den Hörer in die Mousse fallen lassen. Der Reis wurde langsam klumpig, das Hähnchen schwarz.

Ich nahm mir vor, irgend etwas Sinnvolles mit dem Abend anzufangen, doch die Angst, in das schwarze Loch zu fallen, kroch vom Magen in die Speiseröhre. An Essen war nicht zu denken. Aber einen Schluck Chablis musste ich mir gönnen. Ich rückte den Tisch auf den Balkon, nachdem ich dein Gedeck in den Schrank zurückgestellt hatte, doch so, dass ich weder den Mond, noch die Obstschale sehen musste, die ich für das entspannte Danach bereitgestellt hatte. Es war Vollmond, wie bestellt für einen romantischen Abend.

Und hier sitze ich nun und werde mir heute wieder selber Gute Nacht sagen müssen. Nun brauche ich kein Weinglas mehr zu benutzen. Ich trinke aus der Flasche. Ich würde gerne jemanden fragen, warum immer mir so etwas passieren muss. Jetzt wünsche ich mir die Marotte meiner Mutter, mit Dingen, Pflanzen und Tieren zu reden, die mir stets peinlich war.

Bei der Erinnerung an Mama habe ich sofort den Geschmack von Vanillepudding auf der Zunge, der für mich noch heute brechreizfördernd ist, wegen der grässlich faltigen Haut auf der weichen, wabbeligen Puddingmasse. Erstaunlicherweise liebe ich den Vanilleduft ohne Puddingzwang, wie ich heute bei meinem neuen Duschgel gemerkt habe.

Ich würde gerne jemanden einladen zum Reden, aber die meisten Menschen müllen einen mit ihren eigenen Geschichten zu, und ich selbst habe keine Geschichten, mit denen ich angeben kann.

Ich könnte ihnen erzählen, wie ich mir manchmal eine Tageskarte kaufe und stundenlang mit öffentlichen Verkehrsmitteln fahre. Ich beobachte dabei die Menschen. Die meisten sind in sich gekehrt und bemüht, keinen Blickkontakt aufzunehmen. So kann ich sie ungezwungen ansehen und laufe trotzdem nicht Gefahr, als aufdringlich zu gelten. Ich versuche den starren Blick der Leute einzufangen, damit ich ihr Spiel mit einem Lächeln verderben kann. Zwecklos. Sie lassen es nicht zu, dass unsere Augen sich begegnen. Die einzige, die mit meinen Augen gesprochen hat, war ein kleines Mädchen mit Zahnlükke und blondem Pferdeschwanz; doch ihre Mutter hat sie schnell zur Ordnung gerufen. Seitdem mich dann einmal ein paar junge Männer beim Aussteigen so bedrohlich in ihre Mitte genommen haben, bloß weil ich ihnen beim Biertrinken zusehen wollte, habe ich beschlossen, diesen Zeitvertreib erst einmal aufzugeben.

Jetzt zappe ich lieber durch die Fernsehkanäle und schaue mir die Menschen auf dem Bildschirm an. Ich schalte den Ton ab und kann ungestört Gesichter studieren. So bin ich auf der Jagd nach Nahaufnahmen. Ich bin also fast nie allein. Trotzdem habe ich das Gefühl, das Leben läuft an mir vorbei wie ein Zug und ich stehe auf dem Bahngleis und winke ihm nach.

Heute widerstehe ich der Fernbedienung. Ich schaue mir dafür den Mond an. Ich fand das Mondgesicht schon als Kind tröstlich und habe nie verstanden, warum es ein Schimpfwort ist. "Mondgesicht, was glotzt du so blöd?" haben die Kinder gesagt, wenn sie mich auf dem Schulhof loswerden wollten.

Und heute will mich Susanne loswerden und traut sich nicht, es mir direkt zu sagen, denn schließlich müssen wir morgen wieder zusammen arbeiten. Als Susanne in unsere Abteilung versetzt wurde, habe ich mich sofort in ihre Augen verliebt. Selbst wenn der Chef mürrisch oder hektisch ist, wenn die Kollegen lustlos und matt auf den Bildschirm glotzen, die Funken in ihren Augen erlöschen nie, höchstens funkeln sie ironisch, spöttisch, manchmal mitfühlend.

Einmal hat sie mich gefragt, ob sie mir einen Kaffee mitbringen soll. Aber nachtschwarz, habe ich geantwortet. Seitdem ist es unser tägliches Ritual, wenn sie kommt und mir lachend die Tasse auf den Schreibtisch stellt: Einen Kaffee für den nachtschwarzen Jonas. Manchmal legt sie einen Schokoriegel dazu. Die Kollegen blicken dann immer kurz von ihrer Arbeit auf, irritiert, genervt, verständnislos oder amüsiert.

Den süßen Riegel nehme ich mit nach Hause und esse ihn abends genüsslich vor dem Schlafengehen. So kann ich Susannes Augen und ihren Duft genießen, ganz für mich allein, bis mich die süße Schwere in den Schlaf trägt. Viel weiß ich nicht über sie. Sie fährt gerne nach Frankreich und kauft auf Flohmärkten Chansonplatten. Einmal hat sie eine Postkarte aus Paris geschickt, an die lieben daheimgebliebenen Kollegen. Zurück im Büro hat sie geschwärmt von den leckeren französischen Menüs; ob Froschschenkel, Austern, Muscheln oder Krebse, sie hat nichts ausgelassen, was die französische Speisekarte ihr bot.

Ich habe mich immer geärgert, dass ich die meisten Chanson-Titel nicht verstand trotz sechs Jahren Schulfranzösisch. Doch seitdem ich den Auffrischungskurs an der Volkshochschule belege, geht es schon besser, und wir haben öfter ein Gesprächsthema.

Ach, wie gerne würde ich dieses Land kennenlernen, das Susannes Stimme weich und ihre Augen träumerisch werden lässt. Der Chablis schmeckt ja schon einmal vielversprechend. Warum sollte ich nicht nach Paris fahren? Vielleicht serviert mir dann jemand Coq au vin, und ich hätte endlich etwas zum Erzählen. Ich könnte den Eiffelturm zu Fuß besteigen, alle Flohmärkte besuchen , einen Tag im Louvre verbringen und endlich das Rodin Museum besuchen, um den berühmten „Kuss" im Original zu bewundern.

Noch habe ich genug Resturlaub. Morgen gehe ich einfach ins Reisebüro und buche eine Reise für eine Person. Gleich morgen werde ich es tun.

Die Vorfreude kitzelte an seinen Magenwänden. Er stand auf, blinzelte dem Mond zu und räumte das unbenutzte Geschirr weg.

Schatten

Warum ich als ökologisch denkender Mensch ständig Taxi fahre und nie die U-Bahn benutze, selbst wenn sich vor meinem Hotel eine Station befindet, möchten Sie wissen? Ich nahm bisher an, dass ich einfach zu bequem bin, aber das ist wohl nur die halbe Wahrheit. Jetzt wo Sie fragen, fällt mir eine Geschichte ein, die ich vor etwa 30 Jahren erlebt habe.

Ich war sehr jung, unternehmungslustig, unbekümmert und gut gebaut, und ich fuhr nach Paris, in die Stadt meiner romantischen Träume. Edith Piaf, Charles Aznavour, Quartier Latin, Montparnasse... Ich war gerade achtzehn, noch nie alleine in einer Großstadt gewesen und mit dem legendären weiblichen Orientierungssinn ausgestattet. Zum Glück traf ich mich mit meiner Freundin Uschi, die als Aupair-Mädchen in Paris arbeitete und bereits gute Ortskenntnisse erworben hatte. Ich überließ mich ganz ihrer Führung und hatte volles Vertrauen, dass uns jeder Franzose weiterhelfen würde, wenn wir wirklich in dem U-Bahn-Getümmel den Überblick verlieren sollten. Immerhin hat die Métro fünfzehn Linien.

Gleich am ersten Abend musste es ein Bummel durch Montmartre sein, Sacré Coeur, Moulin rouge..., alles schien möglich. Wir waren stolz, wenn die Blicke uns folgten und schlenderten Arm in Arm durch Paris. Wir hatten uns so viel zu erzählen. Uns wurde erst unheimlich, als die Lichter angingen und das abendliche Paris zu glitzern begann. Statt Cafés und Straßenkünstler sahen wir Sexgeschäfte und Erotiklokale. Bunt gekleidete afrikanische Straßenhändler boten aufdringlich ihre Ware an, Prostituierte beiderlei Geschlechts ihre Dienste. Wir waren am Place Pigalle gelandet. Die Blicke musterten uns unmissverständlich.

Zu lange hatten wir in einem Straßenbistro gesessen, berauscht vom Rotwein, dem Wiedersehen und Paris. Die netten Touristen waren verschwunden und das harte Nachtleben begann. Wir waren nun Fremde in einem fremden Stadtteil und wurden entsprechend taxiert. Weit nach Mitternacht erreichten wir die Métro. Sie war fast leer, nur zwei junge Männer nahmen Platz. Sie waren uns schon länger gefolgt und sahen nicht sehr vertrauenserweckend aus. Mein Herz schlug schneller, doch wir plauderten munter über die morgigen Pläne und den schönen Tag. Bevor Uschi ausstieg, erklärte sie mir genau die Stationen und den Heimweg ins Hotel. Ich spürte jetzt deutlich meine Unruhe. Ich postierte mich an der Tür und umklammerte die Haltestange. Einer der Männer war noch im Abteil, der andere war hinter Uschi ausgestiegen. Ich fühlte seine Blicke im Rükken, fühlte mich durchbohrt, ausgezogen. Endlich hielt die U-Bahn an meiner Station. Ich war schnell draußen, lief los, doch hinter mir näherten sich Schritte. Meine Absätze hallten durch die Métroschächte, also durfte ich nicht rennen, das hätte meine Angst verraten. Meine Ohren rauschten. Hinter mir hörte ich die Schritte, gleichmäßig und zielstrebig. Ging ich schneller, wurden die Schritte schneller, verlangsamte ich mein Tempo, übernahmen die Schritte den Rhythmus. Schauer liefen mir über den Rücken, der Widerhall peinigte meine Ohren. Mein Herzschlag schien mir von den gekachelten Wänden entgegenzukommen. Das grelle Neonlicht warf meinen riesigen Schatten an die Fliesen. Ich wagte nicht, mich umzudrehen

Unsere Schritte verschmolzen: Vier Füße im Gleichtakt, vier Beine im selben Rhythmus. Nirgends nahte Hilfe. In meinem Kopf hämmerte ein Schlager von Bill Ramsey: Pigalle, Pigalle, das ist die große Mausefalle mitten in Paris. „Wenn ich aus diesem Labyrinth bloß den richtigen Ausgang finde", betete ich. Die endlos langen Kachelgänge nahmen kein Ende. Doch ich erreichte die Rolltreppe, erwartete eine Hand die mich packte und festhielt. Aber nichts geschah. Die metallische Luft wurde langsam klarer.

Endlich frei! Ich atmete auf, beschleunigte, lief den Rest der Treppe hinauf und stand auf der Straße. Mein feuchter Rücken lehnte an der Wand, ich saugte die kühle Nachtluft ein und versuchte mich zu orientieren in der fremden Umgebung. „Kann ich Ihnen helfen?“ französische Worte dicht an meinem Ohr. Eine Hand legte sich auf meine Schulter und zog mich vertraulich an sich. „Wo müssen Sie hin?

„Rue de poissonière“, stammelte ich verwirrt, denn ich wusste noch immer nicht in welche Richtung. „Hier entlang! Ich begleite Sie!“ Die Hand auf meiner Schulter drückte mich in eine dunkle Straße. Starr vor Angst ließ ich mich führen. Französische Komplimente klatschten an mein Ohr. Mein Mund war ausgetrocknet. Trotzdem bemühte ich mich, eine harmlose Touristen-Unterhaltung zu führen und den besitzergreifenden rechten Arm um meine Schulter zu ignorieren. Mein Körper war so angespannt, dass ich Mühe hatte, Schritt zu halten. Der Fremde erzählte von seinem Lieblings-Bistro, während seine Hand über meinen Rücken glitt.

Ich kämpfte mit einem Schwächeanfall und umklammerte meine Handtasche. Er fragte nach meiner Freundin und schlug vor, noch einen Pastis zu nehmen. Ich überlegte, wie schnell wohl kalter Schweiß zu riechen war, und warum es in diesem nächtlichen Paris keine Menschen mehr zu geben schien. Unauffällig versuchte ich ein Straßenschild zu entdecken, da spürte ich, wie sich seine Hand in meine rechte Jackentasche schob, wo ich mein französisches Geld aufbewahrte. Meine Erstarrung löste sich. Es ging um mein Geld, nicht um meinen Körper! Ich riss mich los, rannte davon so schnell ich konnte, bog in die nächste Straße ein und erkannte die Rue de poissonière. Mein Hotel war nur wenige Schritte entfernt. Ich war in Sicherheit.

Das ist der Grund, warum ich noch heute Beklemmungen bekomme, wenn ich in einen U-Bahnschacht hinunter soll. Aber nun könnte ich es einmal wieder wagen. Würden Sie mich begleiten?

Fritz

Auf den geschlossenen Lidern fühlte sie schmerzhaft das Sonnenlicht. Die Augen brannten. Der Kiefer schmerzte ebenfalls. Ober-und Unterkiefer waren schwer vom Druck des Aufeinanderbeißens. Sie blieb reglos liegen. Es gab keinen Grund aufzustehen. Sie durchsuchte ihre Träume nach einer Erinnerung an die Leichtigkeit. Sie kannte nicht Tag noch Stunde, überließ sich den inneren Bildern des Gestern.

Als sie schließlich die Augen öffnete, irrte ihr Blick über die Zimmerdecke und die Wände und suchte nach etwas Vertrautem. An der Fotografie auf dem Nachttisch verweilte er. Das lachende Jungengesicht machte sie traurig und gab ihr doch Sicherheit. Sie wusste, das war ihr Sohn. Gerne hätte sie jemanden nach seinem Namen gefragt oder wann er sie besuchen würde, aber sie hatte seit Tagen mit niemandem gesprochen. Der tägliche Essensdienst wusste nichts über ihr verlorenes Leben und hatte es immer eilig. Und sie war voller Fragen.

Etwas schnürte ihre Kehle zusammen. Sie streichelte das Glas des Bilderrahmens bis die Tränen einen Schleier vor ihren Augen gebildet hatten.

Sie lehnte sich zurück und überließ sich wieder den Bildern, die auftauchten und vorüberglitten: Bilder von hellen Bergseen und dunklen Gewitterwolken, von winkenden und langsam entschwindenden Kindern. Sie sah sich selbst auf einem Pferd reitend, als Kind an der Hand ihres Vaters und ihre Mutter, die ihre Arme nach ihr ausstreckte. Der Film brach ab. Sie fühlte sich leer. Nichts blieb. Es gab keine Ordnung mehr in ihrer Welt.

Als es zum zweiten Mal klingelte, fuhr sie zusammen. Erst jetzt wurde ihr bewusst, dass es an ihrer Wohnungstür geklingelt hatte. Bestimmt hatte jemand den falschen Knopf erwischt oder die Kinder spielten wieder Klingeljagd. Sie rührte sich nicht. Doch das Läuten hörte nicht auf und wurde fordernder.

Mit einem Seufzer rollte sie sich auf die linke Seite und kam langsam zum Sitzen. Etwas taumelig griff sie zum Bademantel, schlurfte müde zur Tür und öffnete.

Davor stand der Briefträger. Sie sah ihn ungläubig an. Wer sollte ihr wohl schreiben? Die letzte Postkarte die sie bekommen hatte, stand noch immer am Küchenbuffet. Schön das blaue Meer in Italien. Mit ihrem Mann war sie einmal in der Toskana gewesen und einen Tag in Florenz, aber zum Meer hatten sie es nicht geschafft. Die Karte war zwei Jahre alt.

„Guten Morgen, Frau Grahme, Post habe ich keine für Sie, aber hier möchte jemand rein," sagte der

Postbote und zeigte nach unten. Da saß artig ein junger Tigerkater.

Jetzt erhob er sich, marschierte durch den Türspalt und umschnurrte ihren Bademantel mit erhobenem Schwanz. „Ich muss weiter", sagte der Briefträger, „vielleicht habe ich morgen etwas für Sie dabei."

Sie schloss die Tür und setzte sich auf den Stuhl in der Küche. Der Kater folgte ihr und beobachtete jede ihrer Bewegungen aus seinen gelben Augen. Sie schlug die Hände vor ihr Gesicht und schüttelte langsam und ratlos den Kopf. Sie lugte vorsichtig durch die gespreizten Finger auf den unverhofften Gast. Nach einiger Zeit breitete sich ein wissendes Lächeln in ihrem faltigen Gesicht aus. Sie bückte sich, streichelte vorsichtig sein creme-schwarzfarbenes Tigerfell und flüsterte: „Du bist ja Fritz! Wie hast du mich denn bloß gefunden? Fritz, ja Fritz. Erinnerst Du das noch, wie ich dir immer heimlich Milch in den Schuppen gebracht habe? Mama durfte es ja nicht wissen, denn sie wollte nicht, dass du dich bei uns wohlfühlst und immer wiederkommst. Einmal habe ich dich sogar mitgenommen und heimlich im Bett versteckt. Weißt du das noch? Aber es hat alles nichts geholfen, eines Tages warst du verschwunden. Ich habe mir solche Sorgen gemacht, dass dich ein Auto überfahren hat."

Sie hob den Kater hoch und drückte ihn zärtlich an sich. „Du hast bestimmt Hunger." Sie öffnete den

Kühlschrank, doch er war leer bis auf ein Stück Butter.

„Diesmal werde ich richtig für dich sorgen, du brauchst nicht noch einmal davonzulaufen." Zuerst mach ich dir ein Bett, bestimmt bist du müde von dem langen Marsch." Martha überlegte angestrengt, konnte sich aber nicht erinnern, wo der Einkaufskorb geblieben war. Sie ging in die Stube, suchte alle Sofakissen zusammen und richtete daraus ein Ruhelager in ihrem Lieblingssessel her. Der Kater schnurrte zufrieden und ließ sich bereitwillig auf das gemütliche Plätzchen heben. Er blinzelte träge, als Martha begann sich im Spiegel zu betrachten. Sie wunderte sich über den Bademantel, holte ihr Sonntagskleid aus dem Schrank und zog es vorsichtig über. Sie drehte sich zum Kater um, der inzwischen begonnen hatte seine Pfoten gründlich zu lecken und strahlte: „Weißt du wie lange ich dies Kleid nicht angezogen habe? Ach, ich erinnere mich auch nicht so genau, aber es muss sehr sehr lange her sein." Sie suchte ihr lustiges Hütchen hinten aus dem Schrank hervor und ging zur Tür. „Warte auf mich, ich bin bald wieder bei dir", rief sie noch im Hinauseilen und lächelte.

Der blaue Teppich

Als Kind habe ich ihn sehr geliebt, meinen Vater. Später habe ich ihn verflucht, weil er mich und meine Mutter ständig alleine ließ, nächteweise, tageweise, schließlich für immer. Ich hielt ihn für einen gottverdammten Frauenhelden und war tatsächlich nicht die Einzige, die ihn liebte. Er war so sanft und uninteressiert, dass er eine wundervolle Projektionsfläche für weibliche Sehnsüchte abgab.

Meine Mutter benötigte mich für den wenig kindgerechten Zweck meinen Vater moralisch unter Druck zu setzen. Er sollte sich mehr um seine Familie kümmern.

Mit achtzehn bin ich von zuhause ausgezogen, weil mein Vater meinen Freund verabscheute und mir den Umgang mit ihm verbieten wollte. Seit Beginn meiner Pubertät verfolgte er mich und meine jeweiligen Freunde mit seiner Eifersucht. Ich verstand ihn nicht mehr. Wir verloren uns vollständig aus den Augen, als meine Mutter die Scheidung einreichte und mein Vater mit fünfzig Jahren zu einer Arbeitskollegin zog, die kaum acht Jahre älter war als ich.

Fortan liebte ich notorisch untreue Herzensbrecher und hing an ihnen wie die Wespe am Zwetschenkuchen. Nach einem Jahrzehnt fiel mir auf, dass ich das Leben meiner Mutter führte und vermied nun jede Begegnung mit Vaterplagiaten, um dem Schicksal meiner Mutter doch noch zu entgehen. Ich heiratete einen verlässlichen, häuslichen Beamten und vermisste ihn nicht mehr: Hannes, meinen unsteten Vater.

Eines Tages, nach neunzehn Jahren, rief er mich an, unglücklich, krank, verarmt und angeblich allein. Er wollte meine Hilfe, weil er in eine neue Wohnung zog und nicht mehr genügend Möbel besaß. Er fragte nach dem blauen Teppich.

Wir trafen uns in der noch leeren Wohnung und ich hörte mir seine verbliebenen Lebensträume an. Auf der Straße wäre ich an ihm vorbeigegangen, so sehr hatte er sich verändert mit seiner Dauerwelle und seinen albernen Ringen. Er hatte gelbe Finger und kaputte Lungen, war aber nicht bereit, sein Kettenrauchen einzuschränken. Er sprach von seiner „gemordeten Seele" und meinte seine gescheiterten Beziehungen. Er hatte unzählige Prozesse geführt und Geld und Haus verloren.

Es war der 29. Februar, ein Tag vor seinem Einzug, als ich beschloss, meinem Vater den blauen Teppich zu schenken. Es war das einzige Stück in meinem Haus, das mich an meine Ursprungsfamilie erinnerte. Es war in den Nachkriegs-Aufbaujahren, gewesen, als mein Vater einem „fliegenden Händler" an der Haustür diesen Teppich abgekauft hatte. Über Einrichtungsgegenstände entschied im Allge-

meinen meine Mutter. Hannes hatte dieses Recht durch seine seltene Anwesenheit verwirkt.

Aber dies eine Mal setzte er sich durch. Er fand den Teppich schön und wollte nicht Nein sagen, obwohl er zu teuer war und nicht zu unserer Einrichtung passte. Meine Mutter beweinte die unnötige Ausgabe und zeterte um ihr Haushaltsgeld.

Nun stand ich mit dem Teppich vor der Eingangstür von Hannes' neuer Wohnung. Er versuchte, das erste Mal in seinem Leben, alleine zu wohnen. Von seiner letzten Ehefrau hatte er sich getrennt .Er wollte nun endlich ohne Frauen auskommen, seine Wohnung streichen und die Wände bemalen. Er hatte mir stolz kleine Skizzen von Bäumen und Jugendstilblumen gezeigt, als er mir sein neues Reich vorstellte.

Ich klingelte und wartete. Sicher hängt er an seinem Beatmungsgerät und kann nicht so schnell. Ich wartete und stellte mir vor, wie gut der Teppich zu dem neuen Anstrich passen würde. Als niemand öffnete und der Nachbar versicherte, er habe meinen Vater seit drei Tagen nicht gesehen, machte ich mich auf den Weg zu Lotte. Lotte, seine Lebensgefährtin in den letzten fünf Jahren, schaute erstaunt und teilte mir mit, dass ich zu spät käme. Hannes wäre tot und läge schon aufgebahrt. Sie bat mich, seine Wohnung aufzuräumen und übergab mir den Schlüssel. Morgen würde das Rote Kreuz die Reste abholen.

Ich fuhr zum Beerdigungsinstitut. Mein Vater sah aus wie immer. Ich glaubte dieses zweideutige Lächeln zu erkennen. Als ich über seine blonden Härchen am Arm strich, die ich als Kind immer besonders geliebt hatte, bewegten sie sich. Ich erschrak und fürchtete, er würde sich im nächsten Moment aufrichten und sein bronchiales Lachen durch die Kellerräume hallen lassen: „Hast du wirklich geglaubt, ich sterbe am 29. Februar, damit ihr nur alle vier Jahre an mich denken müsst?" Ich eilte ans Tageslicht und zurück zu seiner Wohnung

Sie war nur zur Hälfte eingerichtet, Kisten und Umzugskartons standen überall herum. Als erstes stieß ich gegen die altbekannte Militärtruhe, die alle Umzüge heil überstanden hatte. Immerhin bin ich als Tochter eines Oberleutnants geboren, und als der Krieg zu Ende war, hatte ich einen Hauptmann a.D. zum Vater, der wehmütig an die Zeit der Ehre zurückdachte.

Ich fand Bilder von seinen Kameraden und sein Kriegstagebuch; exakt und emotionslos hatte er die Stationen seines Vormarsches notiert, ebenso wie Heimaturlaub und Kameradschaftsabende. Auch über meine Geburt gab es einen sachlichen Vermerk. Es wurde verschwiegen, dass ich ein Mädchen war. Geheimnisvolle Treffen beim General, schnelle Beförderung ohne Auszeichnungen oder besondere Fronterfahrungen.

Ich nahm den Feldstecher in der Hand. Ich blickte hindurch und sah meinem Vater nackend am Badezimmerfenster wie er den jungen Herrn Doktor

von gegenüber bei seiner Morgentoilette mit dem Fernglas beobachtete.

Ich setzte mich, nahm mir seine Kunstmappen und hoffte, einige schöne Zeichnungen zu finden, denn nach dem Kriege hatte mein Vater Architektur studiert, und ich habe mit ihm zusammen gemalt, wenn meine Mutter das Geld für sein Studium verdiente. Bilder von nackten Statuen aus dem Dritten Reich fielen mir entgegen. Auch seine eigenen Skizzen zeigten nackte Menschen.

Mir fiel ein, dass mein Vater sein Studium nach dem Aktsemester abgebrochen hatte. Unter dem Bild eines nackten Jünglings fand ich einige Aktienpapiere.

Ich nahm sie an mich und widmete mich als nächstes den alten Fotoalben. Die Kriegszeit war ausgiebig dokumentiert. Meine Mutter tauchte als einziges weibliches Wesen auf, sonst nur Kameraden, Soldaten, Offiziere. Aus neuerer Zeit waren Fotos verschwunden und durch fette nackte Frauen in Badewannen oder auf Betten ersetzt worden. Ich rieb mir die Augen und blätterte langsam weiter. Da fielen plötzlich lose Fotos aus dem Album, nachträglich hineingelegt. Ich sah meinen alternden Vater im Dirndl, mit tiefem Dekolleté, den Rock kokett hochziehend. Kein Irrtum war möglich. Er war geschminkt und hatte Spaß.

Ich öffnete seinen Kleiderschrank: Echte Pelzmäntel hingen neben Seidenanzügen und Lederbekleidung. In den Jahren an der Seite meiner Mutter kannte ich Hannes nur in grauen, formlosen Anzügen und Trenchcoats, die für ihn ausgesucht wurden und die er klaglos trug.

Verwirrt und leicht fahrig machte ich mich nun an die Videoreihe. Sie war bereits in Regalen eingeordnet und umfasste eine Videothek von 438 numerierten Kassetten.

Nach dem dritten Video streikte meine Aufnahmefähigkeit. Pornos wechselten abrupt mit Kriegsfilmen, gefolgt von Eigenproduktionen. Mir war schlecht, ich versuchte es mit Bauchatmung. Ich rief meinen Mann an und betrachtete mit ihm zusammen dieses andere Leben meines Vaters.

Knabenhafte Frauen in Uniform und muskulöse Burschen in Kleidern. Seine eigene Kamera ruhte minutenlang auf glänzender, sonnenbadender Mädchenhaut, beobachtete Schlafende und verfolgte junge Männer am Strand.

Plötzlich fühlte auch ich mich nackt, und der Blick meines Vaters brannte auf meiner Haut. Ich sah mich in der Badewanne, unter der Höhensonne, in der Ostsee, im Liegestuhl ..., von seinen Augen verfolgt, liebkost, gefangen.

War er besessen von Körpern immer auf der Suche? Welche Identität hatte dieser Mann, der als erfolgloser Träumer meine Jugend begleitete und mein Vater sein sollte? Waren meine Mutter und ich die bürgerliche Tarnung für sein unbürgerliches Leben.

Sie hätten ihn nicht mit achtzehn Jahren in Schaftstiefel stecken dürfen und sagen „Nun siegt mal schön!" Ohne seine wunderschönen blauen Augen wäre vielleicht alles anders gekommen. Tränen rannen über mein Gesicht.

„Was machst du denn jetzt mit dem Teppich?" Die sanfte Stimme meines Mannes riss mich aus den Erinnerungen. Ich schwieg. Als ich zu ihm aufsah, wussten wir beide, dass auch unser Leben nicht mehr sein würde, wie es war.

Die roten Schuhe

Die alte Dame saß wie versteinert in ihrem Rollstuhl beim Fenster und schaute auf ihre Schwiegertochter, die geschäftig im Zimmer hin- und herlief und Kleider in zwei Koffer packte oder sie auf einen Haufen in der Mitte des Raumes warf. Die Wohnungstür war bereits mit blauen Plastiksäcken zugestellt.

Sie wusste, dass es kein Zurück mehr gab. Sie musste Abschied nehmen von diesem Zimmer mit dem dunkelroten Veloursofa und dem Jugendstilschrank.

Vielleicht durfte sie wenigstens die alte Stehlampe und die Pendeluhr mitnehmen. Mehr war in dem Pflegeheim, in dem ihr Sohn sie angemeldet hatte, auf keinen Fall erlaubt.

Hermann hätte das nie zugelassen, das hatten sie sich versprochen. Aber Hermann war nicht mehr bei ihr und konnte sie nicht wie früher beschützen.

Sie blickte starr hinaus in den Garten, um nicht mehr sehen zu müssen, was Ellen alles für die Kleidersammlung aussortierte. Doch unbeobachtet schaute sie genau diese „Säuberungsaktion", wie sie es für sich bezeichnete. Mit jedem Stück, das vor Ellens kritischem Blick keine Gnade fand, verschwand ein Teil von ihrem Leben. Die Tränen, die sie herunterwürgte, schmeckten nach Metall.

Sie starrte auf ihre steifen Hände, die reglos in ihrem Schoß lagen. Es waren alte Hände, dicke blaue Adern unter einer knittrigen, dünnen Haut. Was war mit ihr geschehen? Ihr Leben lang war sie es gewesen, die für andere die Koffer gepackt hatte.

Aber auch ihren Sohn erkannte sie nicht wieder. Er hatte sich verändert, seitdem er Personalchef dieses Konzerns geworden war. Sein neues Hochgeschwindigkeitsleben machte ihn unerreichbar. Alter war für ihn zur unkalkulierbaren Gefahr geworden, Effektivität zählte, Krankheit war in diesem Leben nicht vorgesehen. Es fiel ihr schwer zu glauben, dass es noch derselbe Mensch war, der als Junge kranke Tiere mit nach Hause gebracht hatte, um sie zu pflegen. Obwohl sie noch gemeinsam in dem Haus wohnten, in dem schon sie aufgewachsen war und das sie ihrem einzigen Sohn bereits zu Lebzeiten überschrieben hatte, sah sie ihn fast nie, höchstens beim Frühstück am Wochenende. Dann pflegte er den Wirtschaftsteil der Zeitung zu studieren und sie sah ihn nur von der Taille abwärts. Unterhalten konnte sie sich nicht mehr, und er las ihr selten etwas vor. Sicher glaubte er, dass sie sich für Geldangelegenheiten nicht interessierte, oder er vergaß sie einfach. Sie hatte sich angewöhnt, die Rückseite der Zeitung zu lesen, hinter der ihr Sohn sich verbarg. Sie wusste inzwischen, dass das Geldvermögen der Deutschen zunahm und private Haushalte bereits 3,9

Billionen Euro angelegt hatten. Sie wusste, wie man die Erbschaftssteuer umgehen konnte und dass bis 2010 etwa zwei Billionen Euro vererbt werden. Besonders interessant fand sie eine US-Studie, in der nachgewiesen wurde, dass unter Managern der Anteil psychopathischer Charaktere zunimmt. "Den mitunter sehr ehrgeizig und intelligent auftretenden Psychopathen kommt es zupass, dass einige ihrer Eigenschaften wie etwa Skrupellosigkeit oder Mangel an Emotionen hier und da auch erwünscht sind."

Zu gerne hätte sie die Meinung ihres Sohnes dazu gehört, aber sie konnte ihn nicht fragen. Ihre Stimme hatte sie nach dem Schlaganfall verlassen vor drei Wochen und drei Tagen. Ihr Sohn hatte Ellen eingesetzt, sich um seine Mutter zu kümmern, außerdem kam täglich der Pflegedienst.

Doch nun war es ihrer Schwiegertochter zuviel geworden, denn sie war schließlich Haushaltsmanagerin und nicht Altenpflegerin. Sie hatte zwei Kinder zu ihren Freizeitaktivitäten zu fahren und Geschäftsessen zu organisieren. Eine stumme und hilflose Alte ging über Ellens Kraft.

Plötzlich kam Bewegung in die alte Frau. Ihre schlaffen Glieder wurden lebendig, als hätte ein elektrischer Schlag sie getroffen. Sie trommelte mit ihrer linken Hand dreimal gegen den kalten Stahl des Rollstuhls. Ellen blickte auf und brachte ihr den Schreibblock. „Nicht die roten Schuhe", kritzelte sie unbeholfen auf das Blatt. Ellen runzelte erstaunt die Stirn: „Aber die hast du doch seit Jahren nicht getragen, die sind vollkommen aus der Mode. Die willst du doch nicht etwa mitnehmen?" Sie prüfte kritisch die hohen Absätze. Die alte Dame klopfte zweimal energisch an das Stahlgestellt, das bedeutete N e i n !

Verständnislos stellte Ellen die roten Schuhe vor sie auf das Fensterbrett und machte weiter mit ihrer Aufräumaktion. Die alte Dame lächelte verträumt. Sie schloss die Augen und ließ sich fallen.

Und da war sie wieder, die Fröhlichkeit, Lebendigkeit und Wärme, die das Begehren in den Augen der Männer in ihr geweckt hatte. Ihre starren Glieder wurden weich, und das Leben kehrte in ihren steifen Körper zurück.

Sie sah das lange, rote Seidenkleid mit den dünnen Trägern und dem tiefen Rückenausschnitt, zu dem sie die Schuhe damals gekauft hatte. Drei Monate hatte sie gespart, bis sie sich ihren Traum in Rot erfüllen konnte. Aber es hatte sich gelohnt. Sie hatte getanzt, eine ganze Nacht lang, leicht und offen für die Abenteuer des Lebens, ohne Zweifel, voll jugendlicher Energie. Ihr Körper drehte sich und war begehrenswert. Männerblicke liebkosten sie. Die Welt lag ihr zu Füßen. In dieser Nacht hatte sie sich für Hermann, den besten Tänzer von allen, entschieden. Sie schwebten zusammen über das Parkett und vergaßen die Zeit. Wieder fühlte sie in sich die vibrierende Lebenskraft als die Bilder der Erinnerung an ihr vorbeizogen.

Ellens Stimme holte sie in die Gegenwart zurück. „Mutter, ich bin fertig. Gleich wirst du abgeholt. Willst du die roten Schuhe wirklich mitnehmen?"

„Behalte sie! Mit ihnen war ich glücklich", flüsternd, aber bestimmt kamen die Worte aus dem Mund der alten Dame, bevor sich ihre Lippen wieder schlossen.

Ellen wurde blass. Wortlos verschwand sie im Flur, um ihren Mann anzurufen und ihm das Unfassbare mitzuteilen. Er war nicht zu erreichen. Als sie ins Zimmer zurückkehrte, war der Kopf der alten Dame zur Seite gerollt. Ihr Arm baumelte locker am Rad des Rollstuhls.

Alte Zöpfe

Sie betrachtet sich kritisch im Spiegel und lächelt dann dankbar der Frau zu, die ihren spontanen Entschluss verwirklicht hat. Auf der Erde kräuseln sich Mettes blonde Locken. Sie widersteht der Versuchung, eine Erinnerungslocke mitzunehmen. Sie steckt fünf Euro in das Sparschwein von Manuela, der Friseurin und verlässt beschwingt das Friseur-Studio. Heute Morgen, als sie neben Jochen erwachte und sein unschuldiges schlafendes Gesicht betrachtete, wusste sie plötzlich, dass es auch für sie ein Leben jenseits der Routine gab. Eine unbekannte Energie trieb sie aus dem Bett.

Draußen auf der Straße versucht Mette, sich in den Schaufensterscheiben ihres neuen Aussehens zu vergewissern, und schlendert ziellos an den Geschäften entlang. Sie überlegt kurz, wie wohl Jochen reagieren würde. Er mag lange Haare. Vielleicht sollte sie ihn mit einem leckeren Abendbrot versöhnlich stimmen. Sie stoppt vor einer Fleischerei und schaut angewidert die sauberen Bratenstücke an. Sie liebt die Tiere lebend.

Zur Feier des Tages kauft sie schnell ein Rindersteak und verlässt hastig den Laden mit einer Plastiktüte.

Vor einem Fenster mit Harry-Potter-Büchern, das mit Zauberbesen und dem Portrait der Autorin geschmückt ist, bleibt sie stehen. So ein Besen würde mir jetzt gut tun, denkt sie. Einfach aufsitzen und davondüsen, Töchter der Winde, Königin der Lüfte, sich in eine Welt ohne Konsumtempel, Bankomaten und Fußgängerzonen beamen, die sich schon jetzt alle ähnlich sehen.

Eine Weile blickt sie Joanne K. Rowling bewundernd ins Gesicht und verscheucht den aufkeimenden Zweifel an ihrer Entscheidung. Nun werden ihre Haare nicht mehr im Winde flattern. Sie ist untauglich geworden für viele Männerphantasien, sowohl als Hexe wie auch als Engel nicht mehr einsetzbar.

Doch da fallen ihr die schlaflosen Lockenwicklernächte ein, die vermummten Kopftuchtage, die Kämpfe mit Klemmen, Spangen und Haarnadeln, kaputten Haarspitzen und fettigen Haarsträhnen, die gereizte Laune, das zerknitterte Selbstbewusstsein. Vorbei aber auch die Stunden des Hochgefühls, der wohligen Sicherheit, Zielpunkt bewundernder Männerblicke und wohlwollender weiblicher Kommentare zu sein.

Ein letztes Mal überprüft sie ihre Entscheidung, fährt mit der Hand durch die neuen Haare und genießt die ungewohnte Leichtigkeit.

Es ist Freitag, der siebente. September. Als sie heute früh aufstand, war es noch still im Hause gewesen.

Sie ging ohne Licht zu machen, ohne das Radio anzustellen in die Küche. Alle morgendlichen Handgriffe erledigte sie mechanisch. Sie brühte den Tee auf, schnitt Obst in kleine, mundgerechte Stücke, backte die Brötchen auf. Sie legte die Zeitung ungelesen neben Jochens Frühstücksmüsli und verließ das Haus. Sie wusste nicht mehr, wann in ihrer Ehe der Punkt gekommen war, an dem ein Frühstück einfach ein Frühstück war. Erst ging die Poesie, dann begann das Abstumpfen der Sinne - oder war es umgekehrt?

Sie schlendert weiter, lässt sich treiben im Konsumentenstrom, sucht nach einem Lächeln, einem Wahrgenommenwerden, doch niemand kommentiert ihre Veränderung, es geht um Waren und Termine.

Sie leistet sich das beste Baguette der Stadt und versucht die Kuchentheke zu ignorieren, doch der Duft von Marzipan und Baumkuchen lockt sie in das anschließende Café. Schließlich gibt es etwas zu feiern.

An den Tischen sitzen die Menschen paar- und gruppenweise auf den zerschlissenen Jugendstilsesseln. Zunächst hat sie den Eindruck, sie sei die einzige, die hier alleine auftritt. Da entdeckt sie einen Herrn mit grauen Schläfen, der in seinem Cappuccino rührt und sie aufmunternd anblickt. Er macht eine tadellose Figur und scheint daran gewöhnt zu sein, von Frauen bewundert zu werden. Diese Vater-Liebhaber-Mischung kommt immer an und hinterlässt selten ein schlechtes Gewissen.

Seine Aufmerksamkeit hätte ihr sicher gut getan, aber sie hat heute keine Lust, einen Mann zu bewundern, sie findet sich selbst bewunderungswürdig. Außerdem mag sie sein schlüpfriges Lächeln nicht und fürchtet, dass er ihr aus der Jacke helfen will.

Da erblickt sie in einem der vielen Wandspiegel eine junge Frau im Mantel, die nervös an ihrer Zigarette zieht, ohne aufzusehen. Sie hat kurz zur Tür geblickt, als jemand das Café betrat, nun aber jedes Interesse verloren. Mette tritt an ihren Tisch und starrt auf die roten Flecken, die sich langsam vom Hals auf ihr blasses Gesicht auszubreiten scheinen. Sie kennt das von einer Kollegin. Immer in Besprechungen, wenn die Meinungen aufeinanderprallen, erregt sie sich dermaßen, dass ihr Hals samt Dekolleté rotfleckig leuchtet. Besonders dunkelrot werden bei ihr die Male, wenn sie in eine Diskussion eingreifen will. Die kleinen Biester verraten aber auch ihre Verehrung für einen der wenigen jungen Kollegen. Mettes Mitleid mit der armen Kollegin stellte sich jedoch bald als unnötig heraus, denn ihr Kopf bleibt meist kühl und sie setzt sich durch.

Mettes Interesse an dieser zarten Person ist erwacht, denn sie will wissen, in welcher Gefühlsregung diese Rötungen ihren Ursprung haben. Vor ihr auf dem Tisch liegt eine Frauenzeitschrift: „ Das Leben entrümpeln. Mehr Luft, mehr Lust, mehr Leichtigkeit."

Mette schaut der jungen Frau ins Gesicht. Offenbar hat sie die Pflegetips sämtlicher Frauen-

Magazine gewissenhaft befolgt. Jetzt rührt sie mechanisch in ihrem Kaffee ohne zu lächeln.

„Warten Sie auf jemanden, oder kann ich mich zu Ihnen setzen?" Was für Augen, denkt Mette, als die Fremde aufblickt und sich diese Augen an ihrem Gesicht festzusaugen scheinen.

„Ich habe gewartet. Genau gesagt zweiundvierzig Minuten und dreißig Sekunden. Ich glaube, jetzt höre ich auf zu warten. Nehmen Sie gerne Platz. Wenn er wirklich noch kommt, werde ich aufstehen und gehen. Ich will nur noch austrinken und bezahlen."

Mette setzt sich und gibt sich Mühe, sie nicht anzustarren, denn die Unbekannte hat wunderbare rotbraune Locken, die im Nacken zusammengebunden sind und von denen einige ins Gesicht fallen.

„Ich bedankte mich. Ich wollte nur ein Kännchen Tee trinken, bevor ich mich wieder ins Einkaufsgetümmel stürze."

„Tja, einkaufen muss ich wohl auch noch. Mein Kühlschrank ist leer. Ich hatte gehofft, dass wir heute essen gehen."

„Warum die Männer nicht pünktlich sein können. Zum Fußball kommen sie nie zu spät. Vielleicht sollten wir uns auf dem Fußballplatz mit ihnen verabreden."

Die junge Frau lächelt: „Ach, früher war das nicht so bei David. Am Anfang kam häufig ich zu spät, und er wartete ungeduldig, aber seitdem er diesen neuen Job hat, sehen wir uns kaum noch. Er ist genervt und ziemlich rücksichtslos."

Mette hätte beinahe ihre Hand gestreichelt. „Das kenne ich gut. Mit der Karriere hat auch bei Jochen alles angefangen. Eigentlich wollten wir heiraten und Kinder haben, beide halbtags arbeiten und uns gemeinsam um die Familie und die Hausarbeit kümmern. Doch Jochen wurde die Firma immer wichtiger, er bekam häufig Auslandsaufträge und war immer seltener greifbar…die hochgepriesene Globalisierung, Wir hatten zwar mehr Geld, aber keine gemeinsame Zeit mehr. Es gibt ja Handys. Moderne Leibeigenschaft, wissen Sie, immer die Karriereleiter fest im Blick. Und am Ende haben wir keine gemeinsamen Ziele mehr.“

Die junge Frau nickt, dreht eine Locke um den Zeigefinger und die Röte hat jetzt ihre Wangen erreicht.

Plötzlich lehnt sie sich entspannt zurück: „Ich glaube, ich brauche gar nichts zu tun, es läuft einfach auseinander irgendwie. Ich sitze hier und warte, aber ehrlich gesagt weiß ich gar nicht worauf. Es ist schade um David. Er ist ein gutaussehender, intelligenter Mann, mit wunderbaren Begabungen, aber all das stellt er in den Dienst des Unternehmens. Und ich diene dem Unternehmen, indem ich ihn fit halte, meinen Prinzen. Manchmal riecht er regelrecht nach Effizienz, wenn er nach Hause kommt. Und ich, ich bremse mich aus, vierundzwanzig Stunden lang. Wenn ich vierzig bin, habe ich Tonnen von Lebensmitteln in unsere Wohnung geschleppt und Tonnen von Müll wieder runtergetragen.“

Verschmitzt lächelt sie Mette an, die Röte ist aus ihrem Gesicht verschwunden. „Haben Sie Lust, mit mir essen zu gehen? Ich habe Hunger und kenne ein gemütliches Lokal in der Nähe. Ich heiße Melanie."

Als sie gerade das Café gemeinsam verlassen wollen, stürzt ein Mann im grauen Blazer herein, umfasst Melanies schlanke Taille , drückt ihr einen flüchtigen Kuss auf die Wange und schiebt sie zur Tür, während er ihr erklärende Worte ins Ohr flüstert. Sie kann gerade noch eine Visitenkarte herauszaubern und sie Mette mit bedauerndem Lächeln in die Hand drücken: „Schade, aber ruf mich unbedingt einmal an!" Dann sind sie verschwunden.

Mette fröstelt. Sie verlässt das Café und schlendert ziellos durch die Straßen. Als sie einen Bettler mit Hund vor einem Warenhaus sitzen sieht, schenkt sie ihnen ihr Steak. Sie beschließt, sich auf dem Wochenmarkt nach frischem Gemüse umzusehen.

Im Stadtpark sucht sie sich eine Bank am Teich und atmet erleichtert aus. Sie beginnt, das Baguette in kleine Stücke zu zupfen und die Enten damit anzulocken. Plötzlich denkt Mette an die Zeit, als ihr Herz einen Sprung machte, wenn sie Jochen nur sah, als sie ihn malte in warmen Herbsttönen: Ocker, Siena, Nepalgelb und Chromorange und versinken konnte in seinen blauen Augen. Heute malt sie Trockenblumen und tote Tiere, wenn sie den Pinsel überhaupt noch anrührt.

Sie lehnt sich zurück und beobachtet die Schmetterlinge in der Luft: Kohlweißlinge, Perlmutterfalter,

Admirale. Die Namen verschwinden und Mette geht
auf in ihrem leichten Spiel, in ihrer Farbenpracht, in
ihren zarten Flügelschlägen. Sie atmet den Duft der
Freiheit. Dann hebt sie die Hand und streicht sich
mit den Fingern durch die kurzen Haare, um den
neuen Putz in der Handfläche zu fühlen .

NEPOMUK

Die junge Frau saß auf der Erde und lehnte mit dem Rücken gegen den Gartenzaun. Tränen strömten unaufhörlich über ihre Wangen, sammelten sich an ihrem Kinn und tropften ungestört auf die Erde, wo sie im Boden versickerten.

Ein Nachbar auf dem Weg nach Hause hatte versucht, die Frau mit Worten zu erreichen, doch sie senkte den Kopf und sackte noch mehr in sich zusammen. Am Ende war er achselzuckend weitergegangen. Schließlich wollte man sich nicht aufdrängen, und was vor dem Haus des Professors geschah, ging einen ja eigentlich nichts an.

Als Professor Moh in seinem alten Mercedes vorfuhr, hob die Frau leicht den Kopf, versteckte ihn aber gleich wieder zwischen den angezogenen Knien. Nur mit Mühe erkannte der Professor seine Studentin Selina in der kauernden Frau. Er ließ seinen Wagen ganz gegen seine Gewohnheit vor der Auffahrt stehen und eilte Unheil ahnend zu ihr hin. Er half ihr hoch und führte sie durch den Garten zu einer Sitzecke. Sie ließ sich ins Gras fallen, bevor er sie auf eine Bank oder einen Stuhl setzen konnte.

„Wie kann ich dir helfen", fragte Moh, während er sich bückte und ihr eine feuchte Haarsträhne zurückstrich. Er selber trug Lederjacke und Jeans und war rein äußerlich nicht als Professor, der gerade von der Vorlesung kam, zu erkennen.

„Nepomuk“, schluchzte die junge Frau in ihre Knie.

„Was ist mit dem Hund“, rief der Professor erschrocken. Selina weinte nur noch verzweifelter. „Was ist mit Nepomuk geschehen?“, schrie er aufgeregt zum Haus hinüber. „Nichts, er spielt mit Jasper und Charles im Zwinger“, lachte seine Frau im Näherkommen.

„Schau einmal nach Frau Sonntag, vielleicht bekommst du etwas aus ihr heraus!“ Und schon rannte er zum Zwinger. Atemlos öffnete er die Tür, und die drei Hunde begrüßten ihn freudig schwanzwedelnd wie nach jeder Trennung. Moh untersuchte zunächst Nepomuks Fell, seine Zunge, Augen, Pfoten. Nichts, der Hund schien sich bester Gesundheit zu erfreuen.

Erleichtert ließ er nun auch Jasper und Charles in den Garten, tollte kurz mit ihnen herum und kehrte dann zurück zu seiner Studentin. Die drei Hunde trotteten neben ihm her und beschnüffelten neugierig den warmen Menschenberg im Gras. Die Frau richtete sich auf, streichelte alle drei und umarmte Nepomuk. Wenn sie saß, konnten sich beide in die Augen schauen. Selina fuhr wieder und wieder über den breiten, blonden Hundekopf mit der tiefen Delle in der Mitte. Als er sich neben sie legte, versteckte sie ihr Gesicht in seinem Fell und schlief erschöpft ein.

Professor Moh war ratlos. Er ging ins Haus und telefonierte mit dem Hochschulsekretariat. Frau Sonntag wohnte wohl alleine, niemand schien sie zu vermissen. „Na gut", dachte Herr Moh „dann schläft sie sich eben bei uns aus." Der Versuch, Selina ins Bett zu bringen, scheiterte, denn bei jeder Berührung schüttelten neue Weinkrämpfe ihren Körper. Also holte Frau Moh eine Decke und legte sie vorsichtig über die Erschöpfte. Als Bewacher ließen sie Nepomuk bei ihr.

Früh am Morgen, als Professor Moh mit seinen drei Hunden im Wald spazieren gehen wollte, waren Nepomuk und die junge Frau verschwunden. Er suchte im gesamten Garten, am Teich, im Haus, doch nirgends eine Spur. Als er schließlich zum Zwinger eilte, erblickte er die schlafende Frau zwischen den Tieren. Sie war noch immer nicht in der Lage zu sprechen. Er brachte ihr eine Schüssel mit Müsli und eine Schale Tee. Dann ging er zum Telefon und befragte verschiedene Experten, was zu tun sei. Als Professor der Psychologie fand er das Verhalten interessant, wenn auch untypisch. Weder von seinen Kollegen noch vom Haus oder Tierarzt bekam er eine zufriedenstellende Antwort. Also setzte er zwei Doktoranten vor den Zwinger mit dem Auftrag, die Gruppe genau zu beobachten. Sie hatten sowohl das Verhalten der Frau, als auch die Interaktion zwischen Hund und Frau genau zu protokollieren. Er saß derweil in seiner Bibliothek und blätterte in Maturanas „Baum der Erkenntnis: „Immer, wenn ein Beobachter die Interaktionen zwischen zwei oder mehreren Organismen so beschreibt, als würde die Bedeutung, die er den Interaktionen zuschreibt, den Verlauf dieser Interaktionen bestimmen, gibt der Beobachter eine semantische Beschreibung...“

Er hätte gerne mit Selina über ihre Semesterarbeit gesprochen. Sie hatte versucht, empirische Daten über Depressionen zu sammeln. Sie war sehr engagiert; er wünschte sich viele solcher Studenten. Moh war einer von den menschlichen Professoren. Er bewertete seine Studenten nicht nur, er war auch für sie da, wenn sie Probleme bekamen, sich im Labyrinth der Anforderungen und Voraussetzungen zurechtzufinden. Er forderte sie sogar auf, ihre Sinne mit einzubringen und den Anforderungen durch kreative Projekte zu begegnen anstatt durch herkömmliche Referate. Er hielt Vorlesungen über Kreativität, Telepathie, morphologische Strukturen, würzte sie mit Beispielen aus seinem Privatleben und machte sich dadurch angreifbar. Gerne sprach er über seine Therapiehunde und ihre unerklärlichen Fähigkeiten.

Manchmal wetterte er über die Angepassten, die im main-stream schwammen, um ihre Karriere voranzutreiben. Er suchte Nischen, war aber hoffnungslos eingebunden in die wissenschaftliche Hierarchie und man merkte ihm an, wie genervt er war von der Massenabfertigung, der Enge, den veralteten Medien und von der unpolitischen Haltung der meisten Studenten. Und so ging die Mehrzahl der Studenten dann doch lieber den traditionellen Weg der Referate und ließ ihre kreativen Ressourcen unangetastet.

Zwei Tage lang wurden kaum Veränderungen an Selinas Verhalten beobachtet. Die junge Frau schlief, weinte, wenn sie wach war, in Nepomuks weiches Fell und streichelte ihn, bis sie wieder einschlief. Nepomuk wachte neben ihr, leckte ihr manchmal die Hände oder spielte mit ihren Schuhen. Ihre Müslischale und ihre Teeschale waren meist leer, doch niemand hatte sie essen gesehen. Professor Moh nahm Charly und Jasper mit ins Haus und wartete ab.

Am dritten Tag begann Selina Nepomuk zu nekken.

Am vierten Tag tobte sie mit ihm auf dem Rasen.

Am fünften Tag marschierte sie mit dem Hund zum See, badete und trocknete in der Sonne.

Am sechsten Tag begann sie zu sprechen und verlangte nach neuer Kleidung.

Am siebten Tag sagte sie lächelnd: „Danke, Herr Professor, sie haben mir wirklich geholfen und bis Dienstag im Seminar. Ich werde mich von der Hochschule verabschieden. Worte sind nicht genug. Worte des Wissens schmecken nach erkalteter Asche. Ich wünschte, Sie verstehen meine Entscheidung. Und passen Sie gut auf Nepomuk auf. Er hat mir geholfen, meine Kraft wiederzufinden."

Seit diesem Vorfall wurde Nepomuk als Therapiehund berühmt. Manchmal umlagerten Reporter das Haus, doch geplante wissenschaftliche Experimente mit ihm wusste Professor Moh zu verhindern.

Lady Albas Wahrheit

Maria Biermeyer liebte die Farbe Weiß, doch trug sie Weiß nur zu besonderen Anlässen. Sie ging nie ungeschminkt oder ohne Hut aus dem Haus. Früher in ihrer Jugend waren es großkrempige Kunstwerke, die sie nach Belieben formen konnte, nun begnügte sie sich mit zierlichen, damenhaften Kappen.

Heute hatte sie sich für das weiß-getigerte Kostüm und die weiße Kappe entschieden .Sie war noch immer schön, niemand ahnte ihr Alter von neunundsiebzig Jahren. Vor dem Haus ihrer Tochter angekommen, drückte sie energisch den Klingelknopf. Sie liebte es, eingeladen und bedient zu werden.

Luisa zuckte zusammen. Sie war gerade dabei Petersilie für die Vorsuppe zu hacken. Dieses fordernde Klingeln erkannte sie sofort, und es machte sie auch heute wieder nervös. Die Klingel abzustellen wäre keine Lösung. Es würde die Lage verschlimmern." Lady Alba ist wieder zu früh", rief sie aus der Küche ihrem Mann zu. Ehe sie sich die Hände abtrocknen konnte, ertönte ein zweites Läuten und ein bedrohlicheres drittes. Luisas Mann erreichte rechtzeitig vor der nächsten Klingelattacke die Haustür.

Wenn Lady Alba einen Raum betrat, war er vollständig ausgefüllt mit ihrer Schönheit, ihrer Grazie, ihren Lebensweisheiten und ihren Phantasien. Anwesende wurden zu Zuhörern, Zuschauern oder Mitspielern.

Wenn sie den Raum verließ, sank man entweder erschöpft in die Kissen, oder man war beeindruckt von ihrer Lebensenergie.

Luisa kannte die Metamorphose ihrer Mutter von einer kranke Frau zu einem Paradiesvogel. Lady Alba liebte das Drama, und ihr Leben war eine Kette widersprüchlicher Inszenierungen. Niemand nannte sie bei ihrem Vornamen Maria seit ihr Vater gestorben war. Ihr erster Mann rief sie Alba und die Kinder ahmten ihn nach. Obwohl sie sich sonst an allem störte, protestierte sie nie.

Das Leben als Hausfrau war ihr zu langweilig. Sie ließ jeden wissen und spüren, dass sie zu Größerem geboren war und nur ihrer Kinder wegen zu Hause sitzen musste. Tägliche Dramen, die mit Notarztbesuchen oder fliegenden Gegenständen endeten, sind die Kindheitserinnerungen ihrer Töchter. Zogen sie sich verstört zurück, schmeichelte Lady Alba so lange, bis ihr Widerstand zerschmolz. In ganz hoffnungslosen Lagen schmeichelte sie:„Du bist doch mein eigen Fleisch und Blut du kannst mir doch nicht böse sein.“

Eine verlässliche Wahrheit suchen die beiden bis heute.

Lady Alba hatte für alles feste Regeln aufgestellt, die alle einzuhalten hatten, nur sie nahm sich das Recht, ihre eigenen Gewohnheiten plötzlich über Bord zu werfen. Sie war der Schrecken von Kellnerinnen, Verkäuferinnen und Friseurinnen. Eine Dienstleistung zu ihrer Zufriedenheit zu erledigen, war so selten wie ein Lottogewinn. Sie schien sich in der Konfliktsituation nicht zu erinnern, welche Vorlieben und Gewohnheiten sie vorher propagiert hatte.

Lady Alba überlebte zwei Ehemänner und zahlreiche Liebhaber. Heute wird sie geehrt für ihr soziales Engagement. Noch immer unterhält sie Säle voller Seniorinnen mit Gedichten, Lebensweisheiten und Geschichten. Sie lässt sich feiern und saugt jedes Lob gierig auf.

Luisa und ihre Schwester hatten aufgegeben, zu ihrer Mutter durchzudringen. Ihre Geschichten blieben ungehört. Zuhörer gibt es schließlich überall, dachten sie sich und sei es eine Großstadttaube. Und sie suchten Lady Alba zu entkommen.

Luisa, die Ältere, ging nach Neuseeland und erzählte ihre Geschichten einem Kereru, der grünweißen Ringeltaube, die vom Aussterben bedroht ist, weil sie sich als harmlose Pflanzenfresserin nicht wehren kann gegen Opossum und Mensch. Babs, die Jüngere suchte ihr Glück in der fröhlichen Geselligkeit Frankfurter Bars

Doch bald hatten die jungen Frauen vergessen, wonach sie suchen wollten. Außerdem hatte Lady

Alba ein Auto und bald eine Bahncard und forderte Mitleid und Beachtung ein. Die Telefonrechnungen stiegen. Und schließlich war es soweit, sie fühlten sich verantwortlich für eine alte Frau, die jammerte, sobald sie alleine war und deren Gedächtnis-Landkarte weiße Flecken bekam, wenn es um die dunklen Schatten in ihrem Leben ging.

Luisa zog in die Nähe ihrer Mutter und lebte mit ihren unerbittlichen Urteilen über andere.

Nachdem sich Lady Alba am Mittagstisch ihrer Tochter niedergelassen hatte, erzählte sie zwischen Suppe und Braten stolz von ihrem letzten Seniorentreffen, niedergeschlagen von ihrem Arztbesuch und aufgebracht von der Intoleranz der jungen Leute den alten Menschen gegenüber. Kämpferisch noch immer, aber die Angst vor der nachlassenden Kraft dämpfte sie. Beim Dessert schließlich wurde sie feierlich und geheimnisvoll: „Ich möchte, dass Luisa morgen zu mir kommt. Ich habe etwas Wichtiges mit ihr zu besprechen." Mehr war ihr nicht zu entlocken.

Am nächsten Nachmittag, saß Luisa brav auf dem Balkon ihrer Mutter, vor dem blauen Blümchenservice und betrachtete die Geranien im Balkonkasten. Lady Alba brachte einen Aktenordner.

Luisa fielen die endlosen Rechnereien der Mutter während ihrer Ehe ein. Sie führte schon damals ein Haushaltsbuch, in dem jede Ausgabe und jede Einnahme vermerkt wurden, obwohl niemand das von ihr verlangt hatte. Nächtelang brütete sie schlechtgelaunt über einem Fehlbetrag und war nicht ansprechbar, bis ihr einfiel, wofür sie das Geld ausgegeben hatte.

Doch heute erschien ihr Lady Alba konzentriert und entschlossen:

„Diesen Ordner nimmst du nach meinem Tode. Du findest hier alles, was du wissen musst. Hier die Patientenverfügung und hier mein Testament." Dahinter steckte das Sparkassenbuch in einer Klarsichthülle. Von der Telefonnummer des Beerdigungsinstituts, bei dem sie eine schlichte Urne, Blumen und ihren Lieblingsredner bestellt hatte, bis zu den Versicherungspolicen fehlte nichts. Auch die letzte Musik war schon festgelegt: Tue Love von Bing Crosby. Am Ende war eine Quittung abgeheftet: Viertausend Euro eingezahlt beim Beerdigungsinstitut Frissee. Luisa hob resigniert die Augenbrauen:

„Du willst uns also noch nach deinem Tode gängeln. Meinst du, wir hätten das nicht selbst geschafft?"

Lady Alba überhörte den Einwand, kochte Tee und setzte sich zu ihrer Tochter auf den Balkon. „Heute musst du dir einmal Zeit für mich nehmen. Der Arzt hat bei mir einen nahenden Schlaganfall prognostiziert. Meine Arterien sind verkalkt. Da ich also nicht weiß, wie lange ich mich noch erinnere, möchte ich dir heute mein Leben erzählen". Sie hielt mit der einen Hand die Teetasse umfangen, diesmal nicht mit abgespreiztem kleinen Finger und begann , ihr wirkliches Leben auszubreiten : Sie sprach von den jahrzehntelang gehüteten Ängsten, ihrem Neid, ihrer Wut, ihren enttäuschten Erwartungen.

Sie begann bei ihrer Vorstellung, das ungeliebte Kind ihrer Mutter gewesen zu sein und der Bewunderung für ihren Vater, den sie zeitlebens als Heiligen in ihrem Herzen trug und endete mit den Enttäuschungen über die Männer und mit ihren sexuellen Erfahrungen. Sie erzählte, wie sie Krieg und Lager überstanden hatte, indem sie sich nützlich gemacht hatte. Luisa saß still auf ihrem Stuhl und schaute auf ihre Mutter. Sie war schon lange gewohnt, sie nicht zu unterbrechen. Nach drei Stunden endlich ergriff sie das Wort:

„Welche Rolle haben eigentlich deine Töchter in deinem Leben gespielt?"

Auf dem Balkon breitete sich die Stille aus. Der Wind spielte mit dem Asparagus.

Mutter Alba rieb sich verlegen die Hand, die sie schützend auf den Bauch gelegt hatte, ehe sie antwortete: „Ihr hattet wohl keine schöne Kindheit. Ihr habt viel durchgemacht mit mir."

Luisa zuckte mit den Schultern .Dann trank sie ihren Tee aus und verabschiedete sich.

Von diesem Tag an entschleunigte sich Lady Albas Leben. Sie blieb den großen Sälen fern. Meistens saß sie allein auf ihrem Südbalkon und schaute in den Himmel.

Von dort sah sie die Sonne morgens links aufgehen und abends rechts untergehen. Sie war verliebt in das ständig wechselnde Farbenspiel der Wolken. Schon früh morgens lehnte sie sich über das Geländer und blickte über die schlafende Stadt, dann beobachtete sie ihr Erwachen.

Sie wusste, wann die Fabrikschlote am heftigsten qualmten, wann in aller Stille die radioaktiven Abfälle der Krankenhäuser abtransportiert wurden, wann die Nachtschichten endeten und die ersten Busse fuhren.

Waren alle Nachbarn bei der Arbeit, kochte sie sich einen Tee. Während sie frühstückte, ließ sie die flüchtigen Wolkengebilde nicht aus den Augen.

Luisa trug schwer an der aufgeladenen Bürde. War sie Nachlassverwalterin? Sie war ratlos, was sie mit dem Leben ihrer Mutter anfangen sollte, in das sie so zufällig hineingeraten war. Die unterschiedlichen Bilder vom Gestern fraßen Löcher in ihre Seele. Sie war müde nach einer Wahrheit zu suchen.

„Wir haben ein Geheimnis, die Zeit, Lady Alba und ich", sagte Luisa und spazierte zum Fluss. Sie warf die gesammelten Gedanken wie Herbstblätter ins blaue Wasser und schaute zu, wie sie hineinfielen und davontrieben. Sie lächelte ihnen nach und ging heim.

Ein neuer frischer Tag lag vor ihr.

Auf der Treppe

Ich war in Eile, als ich das Einkaufscenter betrat. Es war achtzehn Uhr dreißig, und ich musste dringend das Geburtstagsgeschenk für meine Tochter besorgen. Für Zweifel war keine Zeit mehr, also würde ich ihr das gewünschte Computerspiel kaufen, das pädagogisch nicht zu rechtfertigen war. Ich fürchtete mich vor ihrer schlechten Laune, wenn ich ihr meinen Geschmack aufzwingen würde. Ich wollte keinen Stress mit Lena, so selten wie ich sie noch sah. Mit der Wut ihrer Mutter über meinen Verrat hatte ich gelernt zu leben.

Ich fuhr die Rolltreppe hinauf und überlegte, ob ich es noch schaffen würde, bei meinem Herrenausstatter in der dritten Etage vorbeizuschauen. Lena mochte ihren Vater bestimmt lieber lässig und jugendlich als steif und altbacken.

Plötzlich wurde mein Blick festgehalten von einem Mann, der auf der abwärts rollenden Treppe erschien. Er fuhr mir eine Zeitlang entgegen und unsere Blicke trafen sich. Er war ungefähr in meinem Alter, aber hager und bärtig. Während die meisten Rolltreppenbenutzer Plastik- oder Papiertüten trugen, Einkaufstaschen oder Rucksäcke, hatte er seine

Hände tief in seinem abgetragenen, viel zu großen Mantel versteckt.

Der kurze, intensive Blick, den ich auffing, bevor er vorbei glitt, schien zu lächeln. Es ging eine Würde und Standhaftigkeit von ihm aus, die mir bekannt vorkam.

Oben angekommen, blieb ich stehen und drehte mich suchend um, doch der Menschenstrom hatte den Fremden bereits aufgenommen und weitergetragen. Ich ließ mich überholen. Die Leute gingen an mir vorbei und warfen wütende oder verständnislose Blicke auf mich, den Schrittverderber. Dann gingen sie schneller, um die verlorene Zeit aufzuholen und sich dem Strom wieder anzuschließen.

Einem Impuls folgend, setzte ich mich in das nahe Eiscafé und bestellte eine heiße Schokolade. Mein Déjà-vue-Erlebnis nahm mich gefangen. Diese Augen waren mir vertraut, doch in meinem Leben gab es niemanden, der so aussah. Der Duft der Schokolade mit Sahnehäubchen und Schokoraspeln brachte Erinnerung, und plötzlich stand ich in der Sandstraße vor dem Hochhaus Nummer 7.

Nach einem respektvollen Blick in die Höhe begann ich die Namensschilder zu studieren, langsam und sorgfältig, als müsste ich sie morgen in der Schule auswendig aufsagen. Einige waren verwischt, einige Schilder waren leer und einige Namen wusste ich nicht auszusprechen. Sie kamen mir fremd vor wie die Graffiti an der Hauswand und die ganze Straße. Da war mein Blick bei GRUBE angelangt, doch meine Hand zögerte zu klingeln. Hier also wohnte Marc. Sollte ich tatsächlich in das zehnte Stockwerk hoch? Die Schokoriegel, die meine Mutter mir in die Hand gedrückt hatte, wurden weich.

Vielleicht war Marc ja gar nicht zu Hause und schwänzte wirklich die Schule, wie Jo behauptete. Er hatte herumposaunt, er hätte Marc im Supermarkt gesehen und die Lehrerin, Frau Töpfer, hatte mit Bußgeld gedroht, wenn sie nicht bald eine Entschuldigung bekäme. Niemand wusste etwas über Marc, auch ich nicht, obwohl ich schon lange neben ihm saß. „Mit diesem Stubenhocker kannst du doch nichts anfangen“, sagten sie, „so ein Mamasöhnchen!“

Ich war wütend auf Marc. Er ließ mich im Stich.

Früher war alles so einfach gewesen. Er hatte mich in Mathe abschreiben lassen, dafür half ich ihm im Diktat. Dann begann es, dass er morgens ohne Hausaufgaben erschien.

Anfangs schrieb er noch schnell vor dem Unterricht etwas in sein Heft, doch schließlich kam er so spät, dass er auch das nicht mehr schaffte. Nach der Schule war er sofort verschwunden und brachte mich nicht mehr nach Hause. Warum sollte also gerade ich ihn warnen vor dem drohenden Bußgeldverfahren?

Ich begann auszurechnen, wie viele Menschen wohl in solch einem Wohnblock wohnen können. Elf Stockwerke mit je fünf Parteien. Über hundert Hausbewohner erschienen mir, der ich in einem

Reihenhaus mit vier Personen wohnte, eine unvorstellbare Dimension.

Als die Tür aufging und ein junger Mann mit Schäferhund herauskam, fragte ich ihn, ob er Marc Grube kenne. „Ich kenne doch nicht jeden“, zischte er mürrisch und verschwand grußlos. Nun stand ich im Hausflur. „Vielleicht macht ja wenigstens das Fahrstuhlfahren Spaß.“ Im Fahrstuhl war ich allein. Ich stellte mir den großen Konzertflügel von Marcs Mutter in der kleinen Wohnung vor und war sehr gespannt, sie kennen zu lernen, die vielbeschäftigte Pianistin, derentwegen Marc nie Freunde mitbringen durfte, weil sie in Ruhe üben musste, ohne Kinderlärm.

Es dauerte etwas, bis Marc endlich die Tür öffnete.

Er stand da, in einem viel zu großen T-Shirt, mit verschwitzten Haaren und sah mich mit festem Blick aus seinen wissenden braunen Augen an.

„Bist du krank?“ fragte ich vorsichtig.

„Nein, aber meine Mutter, und ich kann sie nicht allein lassen.“

„Kann ich kurz hereinkommen? Ich würde so gerne den Flügel einmal sehen.“

„Das geht nicht, Katalina braucht Ruhe.“

„Ich habe dir Schulaufgaben mitgebracht. Die Böttger braucht eine Entschuldigung.“

„Marc, wer ist da? Mit wem sprichst du?“ Eine tonlose, unendlich traurige Frauenstimme kam aus der Wohnung.

„Ein Schulfreund, Mama, ich komme gleich wieder."

Marc hatte die ganze Zeit über den Arm schützend in den Türrahmen gestemmt; nun löste er ihn langsam und zog die Tür leise hinter sich zu. „Komm, wir setzen uns einen Augenblick auf die Treppe. Ich kann dich nicht hereinlassen."

Ich erzählte ihm von der Schule und dem Ärger, den er und seine Mutter bald kriegen würden.

„Ich kann nicht kommen. Jemand muss auf sie aufpassen."

„Warum kann das dein Vater nicht tun oder jemand aus der Familie?"

„Meine Mutter kommt aus Ungarn. Mein Vater hat sie hergeholt und wollte sie berühmt machen. Jetzt ist er weg."

„Kannst du auch nicht mehr zum Fußballspielen kommen? Wir könnten gut einen Verteidiger gebrauchen."

Ich schob ihm vorsichtig die weiche Schokolade in die Hand.

„Später vielleicht einmal wieder. Wenn du willst, spielen wir eine Partie Schach, dann höre ich, wenn sie etwas braucht." Wir setzten uns auf die Treppe .Es roch nach Sauerkraut und Kasseler.

Marc schien etwas zu überlegen. „Kannst du auch Mühle? Dann schaffe ich das Einkaufen noch".

Ich war einverstanden, und Marc schleppte sein Mühle-Spiel auf den Treppenabsatz.

„Wenn ich gewinne, kommst du morgen in die Schule.“

„Die Wette gilt“, sagte Marc siegesgewiss. Und er behielt Recht. Er war ein Meister der Zwickmühlen.

Beim Stand von 6 zu 4 für ihn mussten wir abbrechen. Seine Mutter brauchte ihre Tabletten.

„Sie hat schon lange nicht mehr Klavier gespielt. Ich wünsche mir so, dass sie wieder einmal lacht und mit mir zusammen singt.“

Von nun an saß ich jeden Nachmittag für ein Stündchen auf der Treppe in der Sandstraße. Mutter gab mir immer etwas zum Naschen mit und war stolz auf mein „soziales Engagement“, wie sie es nannte. Marc wirkte entspannt in dieser Stunde und pfiff durch die Zähne, wenn er mir wieder einmal den viertletzten Stein wegnehmen konnte.

Doch er vergaß nie die Uhr. Nach einer Stunde gab ich ihm die Hausaufgaben, und er versprach, daran zu denken, wenn Katalina schlief. Er sprach den Namen seiner Mutter aus wie den einer Freundin, zärtlich und geheimnisvoll. Doch er redete nie über sie. Nur einmal zeigte er mir ein Foto von einer jungen Frau am Klavier. Sie trug ein langes, eng anliegendes Kleid und ihre Haare waren kunstvoll hochgesteckt.

Schon bald war ich mit den Lebensgewohnheiten der Hausbewohner vertraut. Aus der Nachbarwohnung drang ständig laute Beatmusik, daneben tobten Kinder durch die Wohnung und eine weibliche

Kommandostimme versuchte sie zu bändigen, eine ältere Frau entsorgte täglich leere Flaschen, ein Mann aus der elften Etage schimpfte regelmäßig über unsere Treppenbelagerung und drohte uns mit dem Hausmeister. Doch uns störte nichts, wir waren uns selbst genug. Wir mampften die Schokolade, die meine Mutter mir regelmäßig mitgab.

Nach dreizehn Tagen gelang mir ein Sieg. Ich jubelte und erzählte zu Hause,

dass Marc morgen endlich wieder in die Schule käme.

Und er erschien tatsächlich. Er saß still und konzentriert auf seinem Platz. Ermahnungen, Fragen und Demütigungen nahm er wortlos hin. Manchmal zuckte er leicht mit den Schultern. Seinen Haustürschlüssel hielt er fest umklammert. Sein T-Shirt war durchgeschwitzt. Bei Schulschluss warf er mir noch einen Blick zu und war verschwunden, ehe ich ihn begleiten konnte.

Am Nachmittag ging ich auf den Fußballplatz. Sie hatten mir gedroht, mich aus der Mannschaft zu werfen, wenn ich nicht endlich wieder zum Training kommen würde.

Am nächsten Morgen blieb Marcs Platz leer. Unter seiner Bank fand ich eine Vogelfeder und einen Mühlestein. Marc war als Sachensammler bekannt und hatte seine Schätze aus den Hosentaschen gestern unter dem Tisch ausgebreitet. Frau Töpfer fragte heute nicht, ob jemand wisse, wo Marc sei.

Sie legte ihre Mappe auf den Lehrertisch und schwieg. Es wurde ungewohnt schnell still.

Sie teilte uns mit, Marc werde nicht mehr in unsere Klasse zurückkehren. Seine Mutter habe sich gestern Morgen das Leben genommen, und er käme zu Verwandten nach Ungarn. Ich presste den Mühlestein in meiner Faust, bis die Knöchel weiß wurden.

An diesem Vormittag schimpfte niemand mit uns. Wir beugten unsere Köpfe über die Hefte und taten, als ob wir arbeiteten. Niemand sah auf. In den Pausen standen alle auf dem Hof herum, warteten, wussten nicht was tun, was reden. Um mich machten sie einen Bogen.

Bei Schulschluss bewegten sich meine Beine, meine Füße liefen los, rannten, stolperten und kamen erst in der Sandstraße zum Stehen. Vor dem Haus Nummer sieben stand ein schwarzer SKODA. Ein Mann mit dunklem Anzug stieg ein, und der Wagen setzte sich langsam in Bewegung. Als er an mir vorüber fuhr, sah ich auf der Rückbank Marc sitzen. Er schaute für diesen einen Augenblick zu mir und ich hatte das Gefühl, er akzeptiert die Gesetze des Lebens.
Ich bezahlte meine Schokoladen und erhob mich.

Ich ging ein Mühlespiel kaufen, mit schwarzen Onyx- und weißen Mondsteinen. Ich hoffte, meine Tochter würde mich verstehen.

Petra Dahlke-Knobloch: Leben am Abgrund oder Der Frosch unterm Eis
Verlag Fallenstein
ISBN 3-8311-3035-3

Burn-out bei Frauen ist heute keine Seltenheit, besonders in „helfenden Berufen".

Verleugnen hilft nicht mehr. Diesen Zustand von Handlungsunfähigkeit linear „bekämpfen" zu wollen, ist nicht hilfreich. Dies hat die Autorin schmerzhaft am eigenen Körper erfahren. Während mehrerer Klinikaufenthalte und einer dreijährigen ambulanten Therapie galt es, das verschüttete Ich wiederzufinden, verdrängte Gefühle wieder erlebbar zu machen und ins Bewußtsein zu integrieren. In dieser Zeit entstanden die Gedichte. Es sind Botschaften aus dem Unbewußten und ein Weg zur Bewältigung der Krise. Die Gedichte sind sehr persönlich, können durch ihre Intensität und Bildhaftigkeit auch anderen Mut machen, sich auf den eigenen Weg zu begeben, Ventile zu öffnen und alte Muster aufzulösen. Im Mittelpunkt steht die Frage: Was hat Erziehung aus mir gemacht und was bin ich?

Dr. Michael Dahlke: Elementares Lernen in der Schule
Verlag Fallenstein
ISBN 3-8311-3301-8

Dieses Buch ist auf dem Hintergrund der laufenden Untersuchungen über unsere deutschen Bildungsverhältnisse zu verstehen, wobei der Autor versucht, den subjektorientierten Unterricht auf der Basis des Konstruktivismus zu erläutern. Durch die Verbindungen zwischen Theorien des Konstruktivismus, der Systemtheorie und unterrichtlicher Praxis, werden Wege didaktischen Handelns aufgezeigt, die zu einem subjektorientierten elementaren, projektorientierten, integrativen und gesellschaftskritischen Unterricht führen.

Felder didaktischen Handelns werden aufgezeigt, z.B. Wie plane ich meinen Unterricht? Welche Handlungsschritte muß ich beachten? Wie arbeite ich in gemeinsamen Phasenräumen? Wie kann ich schwächere und stärkere Schüler/innen ohne äußere Differenzierungsmaßnahmen fördern? Welche Bedeutung haben Rückkoppelungseffekte im Unterricht, und wie gehe ich damit um? Brauche ich noch eine Lernzielhierarchisierung?, Wie gehe ich mit Störungen um? Somit kann daß dieses Buch zur Planung, Durchführung und Evaluation von Unterricht genutzt werden.